Le chapeau de l'épouvantail

Ken Brown

GALLIMARD JEUNESSE

1

– Voilà un bien beau chapeau, dit la poule à l'épouvantail.

– Oui, c'est vrai, répondit l'épouvantail, mais je préférerais avoir une canne. Je suis debout ici depuis des années et mes bras sont tellement fatigués... Je rêve d'une canne sur laquelle m'appuyer. Je serais prêt à échanger mon chapeau contre une canne.

La poule n'avait pas de canne, mais connaissait quelqu'un qui en avait une.

– Voilà une bien jolie canne, dit la poule au blaireau.

– Oui, c'est vrai, répondit le blaireau, mais je préférerais avoir un ruban. Il se met à faire chaud et ça sent le renfermé sous terre, alors je tiens ma porte ouverte en la calant avec ma canne, mais je trébuche tout le temps dessus. Si j'avais un ruban, je pourrais attacher la porte. Je serais prêt à échanger ma canne contre un ruban.

La poule n'avait pas de ruban, mais connaissait quelqu'un qui en avait un.

2

– Voilà un bien joli ruban, dit la poule au choucas.

– Oui, c'est vrai, dit le choucas, mais je préférerais avoir un peu de laine. Mon nid est perché sur ce rocher, et la vie y est très pénible. Je rêve d'un peu de laine chaude et douce pour le rendre plus confortable. Je serais prêt à échanger ce ruban contre de la laine.

La poule n'avait pas de laine, mais connaissait quelqu'un qui en avait.

– Voilà un bien beau manteau de laine, dit la poule au mouton.

– Oui, c'est vrai, répondit le mouton, mais je préférerais avoir une paire de lunettes. Je dois surveiller le loup, et mes yeux ne sont plus aussi bons qu'autrefois. J'ai vraiment besoin d'une paire de lunettes. Je serais prêt à échanger un peu de ma laine contre une paire de lunettes.

La poule n'avait pas de paire de lunettes, mais connaissait quelqu'un qui en avait une.

3

– Voilà une bien belle paire de lunettes, dit la poule à la chouette.

– Oui, c'est vrai, répondit la chouette. Mes vieilles lunettes sont cassées, et j'ai dû en prendre une nouvelle paire. Mais je préférerais avoir une couverture sous laquelle dormir car le soleil entre par ma fenêtre et me tient éveillée toute la journée. Je serais prête à échanger mes lunettes contre une couverture.

La poule n'avait pas de couverture, mais connaissait quelqu'un qui en avait une.

– Voilà une bien belle couverture, dit la poule à l'âne.

– Oui, c'est vrai, répondit l'âne. Mais je préférerais avoir quelques plumes. Les mouches me rendent fou, à bourdonner autour de mes oreilles. Ma queue n'est pas tout à fait assez longue pour les chasser ; si je la prolongeais de quelques plumes, je pourrais les balayer facilement. Je serais prêt à échanger ma couverture contre quelques longues plumes.

En un clin d'œil, la poule arracha une, deux, trois de ses longues plumes et les attacha à la queue de l'âne.

L'âne était enchanté et, comme convenu, échangea sa couverture contre les plumes.

4

La poule porta la couverture à la chouette qui l'échangea contre ses lunettes (les vieilles, bien sûr).

Elle porta les lunettes au mouton qui les échangea contre sa laine.

Elle porta la laine au choucas qui l'échangea contre son ruban.

Elle porta le ruban au blaireau qui l'échangea contre sa canne.

Enfin, elle porta la canne à l'épouvantail. Avec un soupir de soulagement, il appuya ses bras fatigués sur la canne et, reconnaissant, l'échangea bien volontiers contre son vieux chapeau cabossé.

La poule prit le chapeau et le remplit d'une paille fraîche à l'odeur sucrée.

– Voilà un bien beau nid, dit le canard.

– Oui, c'est vrai, répondit la poule, et je ne l'échangerais pour rien au monde !

Ken Brown

Avez-vous toujours été auteur-illustrateur ?
J'ai étudié le dessin dans une école d'art et, une fois diplômé, j'ai travaillé comme graphiste dans la publicité puis à la BBC, la grande chaîne de télévision britannique. J'ai aussi réalisé des films publicitaires. Ensuite, j'ai décidé de me remettre à l'illustration et j'ai commencé à écrire des livres pour enfants.

Qu'est-ce qui vous a inspiré cette histoire ?
C'est une question très difficile : qui sait d'où viennent les idées ? J'aimerais le savoir !

Quels matériaux utilisez-vous pour dessiner ?
J'utilise le crayon de papier pour mettre en forme mes dessins et l'aquarelle pour la mise en couleurs.